WATCH OUT for Clever Women!

¡CUIDADO con las Mujeres Astutas!

WATCH OUT
for Clever Women!

¡CUIDADO
con las Mujeres Astutas!

Hispanic Folktales

as told by JOE HAYES

and illustrated by VICKI TREGO HILL

CINCO PUNTOS PRESS
EL PASO, TEXAS

ACKNOWLEDGEMENTS

The English version of the story "The Day It Snowed Tortillas" appears in *The Day It Snowed Tortillas, Stories from New Mexico* from Mariposa Publishing (Santa Fe, New Mexico).

FIRST EDITION
1st Printing

ISBN 0-938317-20-2
Library of Congress Catalog Number 93-073417

Illustrations, cover design, book design, and typesetting by Vicki Trego Hill of El Paso, TX.

Photo of Joe Hayes by Lee Merrill Byrd

Cinco Puntos Press and Joe Hayes would like to thank Sharon Franco, Suzan Kern and Benjamin Sáenz for their support in publishing this book.

Contents

A Note for Readers and Storytellers

According to an old saying, *Una mujer piensa más en un solo minuto que un hombre en un mes entero*—A woman thinks more in a minute than a man does in a whole month. For me, the saying refers to the rich inner life many women developed in Western cultures when so much of the external, active life was denied them. While men were doing business and fighting wars, women were caring for families and thinking deep thoughts. This little collection of Hispanic stories celebrates the quiet strength of women that comes from this thinking.

Like all the stories I tell, these tales are a combination of traditional lore and my own imagination. The traditional part is based on things people tell me and on what I learn from reading the work of folklorists and anthropologists. Most of this material was collected fifty or more years ago, before radio, television and movies began to replace the old stories. My own contribution is based on my instincts as a storyteller and what my experience tells me listeners need in order to feel satisfied with a story. The stories reflect something of my values and sense of humor, as well as the values and humor of Hispanic culture, but not too many conclusions about either one can be drawn from this small selection.

Hispanic tales in the Southwest are almost all of European origin, coming first from Spain to Mexico hundreds of years ago, and then north as Spanish colonists settled in what we now call Arizona, New Mexico, Texas and California. Readers who are familiar with world folklore will recognize all the tales in this collection. For example, some may know an Ethiopian variant of "That Will Teach You" from Harold Courlander's *Fire On the Mountain*. Many will relate "The Day It Snowed Tortillas," which has been something of a signature story for me for over a decade, to a well-known Russian folktale. In both of these other versions, however, the resourceful character is a man rather than a woman. That a woman is the clever one in the Hispanic variants reveals something about the attitude toward women and a great deal about the sense of humor. People the world over tell stories of a humble individual tricking an overbearing person of higher status, but the idea is especially cherished in Hispanic storylore. Making the trickster a woman, who would traditionally be thought of as less powerful than a man, adds spice to the trick.

My hope is that readers will find these stories spicy enough that they'll begin to tell them themselves. And if they do, I invite them to add something from their own imaginations to make the stories even richer.

—Joe Hayes

For my mother, Marie J. Hayes,
and my daughter, Kathleen Hayes
—*two clever women.*

In the Days of King Adobe

En los Días del Rey Adobín

THERE WAS ONCE AN OLD WOMAN who lived all alone in a tiny house at the edge of a village. She was very poor, and all she had to eat was beans and tortillas and thin cornmeal mush. Of course, she ate a few vegetables from her garden, but most of them she took into the village on market day to sell or trade for what little she needed for her simple life.

HABÍA UNA VIEJITA que vivía sola en su casita en las afueras del pueblo. Era muy pobre, y su comida era nada más que frijoles y tortillas y chaquegüe aguado. Por supuesto, comía también unas cuantas verduras de su huerta, pero la mayoría de esas las llevaba al pueblo los días del mercado para venderlas o cambiarlas por lo poco que necesitaba para su vida sencilla.

But the old woman was very thrifty, and by saving carefully—a penny a day, a penny a day—she was able to buy herself a big ham. She kept it hanging from a hook in a cool, dark closet behind the kitchen, and she only cut a thin slice from the ham on very special days—or if she was lucky enough to have company join her for a meal.

One evening a couple of young men who were traveling through the country stopped at the old woman's house and asked if they could have lodging for the night. The old woman had no extra beds, but she offered to spread a blanket on the floor for the young men to sleep on. They said that would be fine, and thanked the old woman for her kindness.

"It's nothing," the old woman told them. "I'm happy to have the company. I'll get busy and make us all a good supper."

She got out her pots and pans and then went to the closet and cut three slices from the ham—two thick, generous slices for the travelers and a thin one for herself.

Pero la viejita era muy ahorrativa, y guardando dinero con empeño—un centavo hoy, un centavo mañana—juntó lo bastante para comprar un jamón grande. Lo tenía colgado de un gancho en la despensa detrás de la cocina y sólo cortaba una rebanada delgada del jamón en los días muy especiales—o cuando le tocaba la buena suerte de compartir la comida con un invitado.

Una tarde, un par de jóvenes que vagabundeaban por el país llegaron a la casa de la viejita y le pidieron posada por la noche. La viejita no tenía camas de sobra, pero les ofreció tender una cobija en el suelo para que durmieran en ella. Los jóvenes le dijeron que estaría bien, y le agradecieron su bondad.

—No es nada—les dijo la viejita—. Me alegro de tener la compañía. Ahora me pongo a prepararnos una cena sabrosa.

Sacó las ollas y caserolas, y luego fue a la despensa y cortó tres rebanadas de jamón—dos rebanadas gruesas para los viajeros y una delgada para sí misma.

The young men were delighted to see the old woman preparing ham for their supper. Seldom were they offered such good food in their travels. But those two young men were a couple of rascals, and right away a roguish idea came into their minds. They decided to steal the ham that night while the old woman was asleep.

After they had all eaten their fill, the old woman spread out a bed for the young men on the floor. She said good night and wished them good dreams and then went into her own room to sleep.

Of course, the young men didn't go to sleep. They lay on the floor joking and talking about how nice it was going to be to have a whole ham to eat. When they felt sure the old woman was asleep, the young men got up and crept to the closet. They took the ham down from the hook and wrapped it in a shirt. One of the young men put the ham in his traveling bag. Then the two young men lay down to sleep with smiles on their faces. They had very good dreams indeed!

Los jóvenes se alegraron de ver que la viejita les preparaba jamón para la cena. Raras veces en sus viajes les habían dado tan buena comida. Pero esos dos jóvenes eran un par de pillos y de inmediato se les ocurrió una idea pícara. Tramaron robarle el jamón a la viejita aquella noche mientras durmiera.

Después de que todos habían comido a su gusto, la viejita tendió una frazada en el suelo para los jóvenes. Les dio las buenas noches, deseándoles sueños felices, y luego fue a su alcoba a dormir.

Claro que los jóvenes no se durmieron. Se quedaron echados en el suelo, bromeando y hablando del gusto que les iba a dar tener un jamón entero para comer. Cuando estaban seguros de que la viejita se había dormido, se levantaron y fueron furtivamente a la despensa. Quitaron el jamón del gancho y lo envolvieron en una camisa. Uno de los jóvenes puso el jamón en su maleta. Luego se acostaron risueños. Tuvieron buenos sueños de veras.

But the old woman hadn't gone to sleep either. In the many years of her life she had become a good judge of character, and she had noticed the rascally look in the young men's eyes. She knew she had better be on her guard. When she heard the young men getting up from their pad on the floor, she went to the door and peeked out. She saw everything the young men did.

Later that night, when the young men were sound asleep, the old woman crept from her room. She took the ham from the traveling bag and hid it under her bed. Then she wrapped an adobe brick in the shirt and put it in the traveling bag.

Pero la viejita tampoco se había dormido. En los muchos años de su vida había llegado a ser buena juez de carácteres, y había notado el brillo mañoso en los ojos de los jóvenes. Bien sabía que debía vigilar. Cuando oyó levantarse a los jóvenes de su lecho en el piso, fue a la puerta y espió. Vio todo lo que hicieron los jóvenes.

Más entrada la noche, cuando los jóvenes estaban bien dormidos, la viejita se deslizó de su cuarto. Sacó el jamón de la maleta y lo escondió debajo de su cama. Luego envolvió un adobe en la camisa y lo metió en la maleta.

When the young men awoke in the morning they were anxious to be on their way. But the old woman insisted they stay for a bite of breakfast. "It will give you strength," she told them. "You have a long day of walking ahead of you. And you may not have anything else to eat all day."

One of the young men winked at the other as he sat down at the table and said, "You're probably right, *abuelita*, but who knows? Last night I dreamed that today my friend and I would be eating good food all day long."

"Is that right?" the old woman replied. "Tell me more about your dream. I'm fascinated by dreams. I believe they are sometimes true."

The young man thought he'd really make fun of the old woman. He smiled at his friend and then said, "I dreamed we were sitting under a tree eating. It was in a beautiful land. And the king of that country was named Hambone the First."

"Aha!" spoke up the second young man. "Now I remember that I had the same dream. And I remember that the land in which Hambone the First was king was named Travelibag."

The young men had to cover their mouths to keep from bursting out laughing. But the old woman didn't seem to notice. In fact, she seemed to be taking them very seriously.

Cuando los jóvenes se despertaron en la mañana se apresuraron para seguir su camino. Pero la viejita insistió en que se quedaran para desayunar.

—Les dará fuerza—les dijo—. Tienen una larga jornada de caminar ante ustedes. Puede ser que no encuentren nada más que comer en todo el día.

Uno de los jóvenes le guiño un ojo al otro mientras se sentaba a la mesa y dijo a la viejita:—Quizá tenga razón, abuelita, pero ¿quién sabe? Anoche soñé que mi compañero y yo íbamos a pasar todo el día comiendo buena comida.

—¿De veras—? replicó la viejita—. Cuéntame más de tu sueño. Me fascinan los sueños. Creo que a veces se hacen verdades.

El joven pensó burlarse mucho de la viejita. Intercambió una sonrisa con su amigo y luego dijo:—Soñé que estábamos comiendo sentados bajo un árbol. Era en una tierra hermosa. Y el rey de esa tierra se llamaba Jamoní el Primero.

—¡Ajá!—dijo el otro joven—. Ya me acuerdo que yo también tuve el mismo sueño. Y recuerdo que esa tierra en que reinaba Jamoní el Primero se llamaba Maletín.

Los jóvenes se taparon la boca para no soltar riendo. Pero la viejita no parecía fijarse en eso. En realidad, parecía tomarles muy en serio.

"I had a similar dream last night myself!" she exclaimed. "I was in a land named Travelibag, and Hambone the First was king of that country. But then he was thrown out by the good people and replaced by a new king named Adobe the Great. And for some people, that meant a time of great hunger had begun."

"Isn't that interesting," the young men said, biting their lips to keep from laughing. "Oh, well, it was just a dream." They hurried to finish their breakfast and then went on their way, laughing at the old woman's foolishness.

All morning long the two rascals joked about the old woman as they traveled down the road. As midday approached, they began to grow tired. They sat down under a shady tree to rest.

"Well, now," said the first young man as he leaned back and closed his eyes. "Don't you think it's time for dreams to come true? Here we are sitting under a tree, just as I dreamed. Open up the land of Travelibag. My stomach tells me I need to visit the king of that land."

"By all means," said the other. "Let's see how things are going with our old friend Hambone the First."

—¡Yo también tuve un sueño muy parecido anoche!—dijo la viejita—. Estaba yo en la tierra de Maletín, y Jamoní el Primero era rey del país. Pero luego la buena gente lo echaron y pusieron en su lugar a un nuevo rey que se llamaba el Gran Adobín. Y para algunos, eso significaba que habían empezado los tiempos muy hambrientos.

—¡Muy interesante!— dijeron los jóvenes, mordiéndose los labios para contener la risa—. Bueno, era un sueño nomás. Se apresuraron a terminar con sus desayunos y se fueron, riéndose de la tontería de la viejita.

Toda la mañana los dos pícaros andaban bromeando de la viejita. A eso del mediodía empezaban a cansarse. Se sentaron bajo un árbol sombreante para descansar.

—Ahora bien—dijo el primer joven, recostándose hacia atrás y cerrando los ojos—. ¿No te parece que ya es tiempo que los sueños se hagan verdades? Aquí estamos sentados bajo un árbol, tal como soñé. Abre la tierra de Maletín. Mi estómago me dice que me gustaría visitar al rey de esa tierra.

—¿Cómo no?—dijo el otro—. A ver como andan las cosas con nuestro viejo amigo Jamoní el Primero.

The young man opened his bag and pulled out the bundle wrapped in his shirt. Chuckling to himself he slowly unwrapped the shirt. Suddenly the smile disappeared from the young man's face. "Oh, no," he gasped. "The old woman knew more about dreams than we thought."

"What do you mean?" asked the other.

"Well," he said, "she told us Hambone the First had been thrown out, didn't she?"

"Yes."

"And do you remember who was put in his place?"

The young man laughed. "Adobe the Great! Where do you suppose she came up with a name like that?"

"Probably right here," said his friend. "Look."

The first young man opened his eyes. "I see what you mean," he groaned. "And I see what the old woman meant about the time of great hunger beginning. I'm starved!"

After several hungry days the two young men met another kind old woman who fed them a good meal. This time they didn't even think about trying to play any tricks.

El joven abrió su maleta y sacó el bulto envuelto en su camisa. Dando risitas lo desenvolvió lentamente. De repente se le borró la sonrisa.—¡O, no!—gritó—. La viejita entendía los sueños mejor que pensábamos.

—¿Qué quieres decir?—le preguntó el otro.

—Bueno, nos contó que a Jamoní el Primero lo habían echado, ¿que no?

—Sí.

—¿Acaso te acuerdas a quién le pusieron en su lugar?

El jóven se rio.—¡El Gran Adobín! ¿De dónde supones sacara tal nombre?

—Probablemente de aquí mismo—le dijo su amigo—. Mira.

El primer joven abrió los ojos.—Ya veo qué quieres decir—gimió—. Y veo también lo que la viejita quería decir con eso de los tiempos hambrientos. ¡Estoy muriéndome de hambre!

Después de varios días hambrientos los jóvenes se encontraron con otra viejita bondadosa que les dio una buena comida. Y esta vez ni pensaron en tratar de hacerle trucos.

That Will Teach You

Ya Aprenderás

THEY SAY THAT what a boy doesn't learn from his mother when he is a child, he must learn from his daughter when he becomes a man. There is an old story about a good mother and a good daughter which demonstrates the truth of that saying.

Once a boy from a tiny mountain village had to leave his home and his family to look for work in the larger town that lay where the

DICEN QUE LO QUE el muchacho no aprende de su madre cuando es niño habrá de aprender de su hija cuando sea hombre. Hay un viejo cuento de una buena madre y una buena hija que muestra que es cierto el proverbio.

Una vez un muchacho de una aldea de la sierra tenía que dejar su casa para buscar trabajo en la población más grande que se hallaba donde la

mountains gave way to the valley. He was hired by a rich and powerful man to work as a servant.

The boy's wealthy master was very fond of gambling and would make the most outrageous bets on the spur of the moment. Sometimes he won, but more often he lost. But because he was so powerful, he usually found a way to get out of paying for his losses, and so no one in the town was willing to bet with the rich man anymore. Of course, the boy was a newcomer to the town and hadn't learned of his master's reputation.

One winter morning the boy overheard a conversation between the rich man and a friend. The two were sitting in a comfortable room, warmed by a fire the boy had built for them in the fireplace, gazing out the window at a distant, snow-covered mountain.

"It must be cold at the top of that mountain," the rich man mused to his friend.

"Colder than I care to think about," the friend replied.

"I wonder," said the rich man, "if any person could survive a night on that peak without any shelter or fire or blankets to protect them from the cold."

"I think a very strong man could," answered the friend, "although I wouldn't want to try it myself."

"I doubt it," said the rich man. "In fact, I would be willing to bet that no human being could survive a night on that mountain peak without a blanket or overcoat or shelter from the cold, or a fire to keep them warm. I would give a thousand dollars and a hundred acres of land to any person who could do it."

sierra daba al valle. Un hombre rico y poderoso le dio trabajo como sirviente.

Al amo rico le encantaba apostar y hacía las más descabelladas apuestas sin pensarlo nada. A veces ganaba, pero más veces perdía. Pero como era tan poderoso, casi siempre encontraba alguna manera de librarse de la deuda sin pagar. Así que ya nadie del pueblo quería apostar con el rico. Pero por recién llegado al pueblo, el muchacho no conocía la mala fama de su amo.

Una mañana de invierno el muchacho oyó por casualidad una conversación entre el rico y un amigo suyo. Estaban los dos sentados en una sala cómoda, calentados por la lumbre que el muchacho les había encendido en el fogón, mirando a lo lejos una montaña nevada.

—Ha de hacer frío en la cumbre de aquella montaña—musitó el rico a su amigo.

—Más frío que lo que yo quiero pensar—replicó el amigo.

—Me pregunto—dijo el rico—si alguna persona podrá sobrevivir una noche en aquel picacho sin ningún cobertizo ni fuego ni manta para protegerle del frío.

—Yo opino que un hombre fuerte sí podría—repuso el amigo—, aunque yo no querría intentarlo.

—Lo dudo—dijo el rico—. Y de hecho, estoy dispuesto a apostar a que ningún ser humano pudiera aguantar una noche en aquella altura sin cobija ni abrigo ni protección del frío, ni tampoco una fogata con que calentarse. Daría mil dólares y cien hectáreas de terreno a cualquiera que lo hiciera.

The boy could scarcely believe what he was hearing. He had spent all his life in the high mountains and knew how to tolerate the cold. He was sure he could survive a night on the mountaintop. And with a thousand dollars and a hundred acres of land, he and his family could make a comfortable life for themselves.

"Master," said the boy, "do you really mean what you just said?"

The rich man looked at the boy and replied, "I am not a man who speaks idly. Of course, I meant what I said."

"I'll spend the night on the mountaintop," the boy declared. "I'll do it this very night."

"Remember the terms of the bet," the rich man said. "You must not have any shelter or warm clothing—just the clothes you are wearing now. And you cannot build a fire to keep you warm."

"Agreed!" the boy said, and he and his master shook hands on the bet. The master said he would send two other servants along with the boy to watch and make sure he lived up to the terms of the bet. "That will be fine," the boy replied, and he left the room feeling confident and excited about how he would help his family with his winnings.

But as the morning turned into afternoon, he began to grow worried. Maybe he wouldn't have the strength to endure all night long. So as he set out for the mountain along with the two other servants, the boy said, "Let's pass through my village on our way to the mountain. I want to visit my family and ask for my mother's blessing."

El muchacho casi no podía creer lo que oía. Había pasado toda su vida en la alta sierra y sabía aguantar el frío. Estaba seguro de que podría sobrevivir una noche en lo alto del cerro. Y con mil dólares y cien hectáreas de terreno, su familia y él podrían vivir felices.

—Señor amo—dijo el muchacho—, ¿habla usted en serio?

El rico le miró al muchacho y respondió:—Yo no soy hombre de disparates. Por supuesto que hablo en serio.

—Yo puedo pasar la noche en la montaña—aseveró el muchacho—. Lo haré esta misma noche.

—Acuérdate de las condiciones de la apuesta—dijo el rico—. No puedes tener protección ni ropa de abrigo—nomás las prendas que ahora llevas puestas. Ni puedes tener ningún fuego para calentarte.

—¡De acuerdo!—dijo el muchacho a su amo, y se dieron la mano. El amo dijo que iba a mandar con él a dos otros criados para observarlo y asegurar que cumpliera con las condiciones de la apuesta.—Está bien—repuso el muchacho, y se fue de la sala sintiéndose seguro de sí mismo y animado de pensar en cómo iba a ayudar a su familia con sus ganancias.

Pero conforme la manaña se convertía en la tarde, se le iban entrando las dudas. Tal vez no tuviera fuerzas para aguantar toda la noche. Así que cuando se encaminó para el cerro acompañado de los otros dos peones, el muchacho les dijo:—Pasemos por mi pueblo rumbo al monte. Quisiera visitar a mi familia y pedirle una bendición a mi madre.

When they arrived at the boy's village, he went to his house and explained to his mother the bet he had made with his master. "And now I'm not so sure I'm strong enough to make it through a night on that cold mountaintop," he told her.

"Don't worry, son," his mother said. "Remember the old saying: With a heart that is pure, hard things you endure. And besides, I'll help you. I'll go to the edge of the village and build a fire. I'll keep it burning all night. As you stand at the top of the mountain, look down on the fire. Think of its warmth. And think of me, your mother, who is keeping the fire alive for you. That will give you the strength to endure the cold."

The boy left his village and with the two companions climbed the mountain. They arrived at the summit just as the last light of the sun was fading.

Cuando llegaron a la aldea del muchacho, fueron a su casa y el muchacho le explicó a su madre la apuesta que había hecho con su amo.—Y ahora no estoy tan seguro de que sea bastante fuerte para aguantar toda la noche en aquella cumbre helada.

—No te preocupes, hijo mío—le dijo su madre—. Acuérdate del viejo dicho: Con corazón puro se hace lo duro. Y además, yo te ayudo. Voy a las afueras del pueblo y ahí enciendo una hoguera. La mantengo toda la noche. Tú, cuando estés parado allá en el monte, mira la lumbre. Piensa en el calor que produce. Y piensa en mí, tu madre, que mantiene el fuego vivo por tí. Eso te dará fuerzas para resistir el frío.

El muchacho se fue de su pueblo y con los dos compañeros subió el cerro. Llegaron a la cumbre cuando se iban desvaneciendo los últimos rayos del sol.

The boy handed his coat to one of the other servants and stood up on the highest rock on the mountaintop. In the valley below he saw a bright speck of fire.

All night long the boy kept his eye on the fire. He imagined the circle of warmth around the orange flames, and he thought of his mother patiently adding sticks to the fire to keep it burning. At times his knees began to buckle, and he trembled all over. But he shook his head to clear his vision and looked more firmly at the fire, and his strength returned. Finally the edge of the sun appeared over the mountains to the east, and the boy stepped down from the rock. He took his coat back from his companions and returned with them to his master's house.

El muchacho les dio su abrigo a los compañeros y se paró en la piedra más alta de la cumbre. Allá abajo en el valle vio un punto reluciente de fuego.

El muchacho pasó toda la noche con la mirada clavada en la fogata. Se imaginaba el círculo de calor producido por las llamas anaranjadas, y pensaba en su madre arrimando leños pacientemente para mantener la lumbre. A veces se le empezaban a doblar las rodillas, y le temblaba todo el cuerpo. Pero se sacudía la cabeza para aclararse la vista y miraba aun más detenidamente la fogata, y se le volvía la fuerza. Por fin, la orillita del sol se asomó sobre la sierra del oriente y el muchacho se bajó de la piedra. Recuperó su abrigo de los compañeros y regresó con ellos a la casa de su amo.

The rich man questioned the other servants closely. "Did the boy really stand at the very top of the mountain?" he asked.

"Master," answered one of the servants, "he stood on the highest rock at the mountaintop."

"Did he have a blanket or a coat or a fire to keep him warm?"

"He had none of them," the other servant replied.

"You truly are a sturdy young man," the rich man said to the boy. "How did you find the strength to endure such a hardship?"

The boy answered honestly, "My mother went to the edge of the village and built a fire. She kept it burning all night. I kept my eye on that fire all night long, and that gave me the strength to withstand the cold."

"Aha!" the rich man exclaimed joyfully. "You lose the bet! You agreed not to have a fire, and you had one."

"But the fire was miles away," the boy protested. "It didn't give me any warmth."

"It doesn't matter," the rich man declared. "You said you would not have a fire and you had one. You have lost the bet."

The poor boy was heartbroken. He had suffered all night long on the top of the mountain for nothing. Of course, the rich man was very satisfied. Through the boy's simple honesty he had found a way to get out of paying a thousand dollars and a hundred acres of land.

El rico interrogó a los otros criados:—¿Es verdad que el muchacho se paró en la mera cima del monte?

—Señor amo—respondió un criado—, se paró en la piedra más alta de la cima.

—¿Y no tenía manta ni abrigo ni lumbre para calentarse?

—Ninguna de esas cosas tenía.

—Tú sí eres un joven atrevido—el rico le dijo al muchacho—. ¿Cómo cobraste fuerzas para aguantar tan duras penas?

El muchacho respondió francamente:—Mi madre fue a las afueras de nuestro pueblo y encendió una hoguera. La mantenía toda la noche. Yo tenía la vista clavada en el fuego toda la noche, y eso me dio fuerzas para sobrellevar.

—¡Ajá!—gritó el rico con triunfo—. Tú pierdes la apuesta. Conviniste en no tener fuego, y lo tenías.

—Pero el fuego estaba a varias millas—protestó el muchacho—. No me daba calor ninguno.

—No importa—insistió el rico—. Dijiste que no tendrías fuego y lo tenías. Has perdido la apuesta.

El pobre muchacho quedó destrozado. Había sufrido toda una larga noche en lo alto del monte por nada. Claro está que el rico se sintió muy satisfecho. Por medio de la sencillez del muchacho había encontrado el pretexto por no pagar mil dólares y cien hectáreas de terreno.

But the rich man had a daughter who had not inherited his greedy nature, and she was troubled by the way her father had cheated his young servant. She began to think about how she could show him how wrong he had been. When her father told her of his plans to give a big banquet for all his wealthy friends, she saw her chance. "Let me cook the meal for your friends, Father," she told him. "I know just what they would like."

The rich man was pleased that his daughter had such an interest in his party and said he would be proud to have her cook for his friends.

The day of the banquet arrived and the daughter went to work in the kitchen. Soon delicious smells were drifting all through the house. One by one the rich man's friends began to arrive. They all commented on the wonderful aroma that was coming from the kitchen. "My daughter is cooking for us," the rich man told them proudly. "I hope you're hungry."

Pero el rico tenía una hija que no había heredado el carácter tacaño de su padre, y a ella le caía mal la manera en que su padre le había engañado al muchacho. Se puso a pensar en cómo mostrarle lo mal que había hecho. Cuando su padre le contó que iba a dar un gran banquete para todos sus amigos ricos, vio su oportunidad.—Deje que yo cocine por sus amigos, padre—le dijo—. Yo sé exactamente lo que les gustará.

El rico se alegró de que su hija mostrara tanta interés en su fiesta y le dijo que le daría orgullo que ella cocinara por sus amigos.

Llegó el día del banquete y la hija se puso a trabajar en la cocina. Pronto se llenó la casa con un aroma delicioso. Uno por uno los amigos del rico llegaron. Todos comentaban el maravilloso olor que salía de la cocina.—Mi hija nos está preparando la comida—el rico les decía orgullosamente—. Espero que tengan hambre.

The rich man and his friends passed the early part of the evening joking and talking. Of course, the rich man delighted in repeating to each guest the story of the bet he had made with his servant, and how he had cleverly gotten out of paying.

But as the evening wore on, the guests ran out of talk and began to feel hungry. It was getting quite late, and still the rich man's daughter hadn't served the meal. Finally one of the guests spoke up. "My friend," he said to the rich man, "have you invited us all here to make fools of us? Are you never going to serve the meal?"

The rich man called for his daughter. When she entered the dining room, he asked her, "Are you trying to make my friends angry with me? Why haven't you served us the meal?"

The girl acted surprised. "But, Father," she said, "haven't your friends been enjoying the smells of my food all evening long?"

"Yes," said the rich man, "but what good has that done them? There's no nourishment in the smell of food."

El rico y sus amigos pasaron las primeras horas de la tarde bromeando y platicando. Desde luego, el rico se divirtió en repetir a cada invitado el relato de la apuesta que había hecho con su criado, y la astucia con que había evitado pagar.

Pero se hizo larga la tarde, y los invitados se cansaron de hablar y empezaron a sentir hambre. Cayó la noche, y la hija del rico todavía no había servido la cena. Por fin uno de los invitados habló:—Mi amigo—le dijo al rico—, ¿es que usted nos ha invitado a su casa para burlarse de nosotros? ¿Nunca va a servir la comida?

El rico llamó a su hija. Cuando ella se presentó en el comedor le preguntó:—¿Quieres que mis amigos se enojen conmigo? ¿Por qué no has servido la comida?

La muchacha se mostró sorprendida.—Pero, padre—le dijo—, ¿no han estado sus amigos disfrutando del olor de mi cocina toda la tarde?

—Sí—dijo el rico—. ¿Pero qué valor tiene eso? No se puede alimentar con el puro olor de comida.

"How can you say that?" the girl protested. "If your friends all agree with you that your servant was warmed by the sight of a fire that was miles away from him, I'm sure they consider themselves well fed by the smells of the food I cooked in the kitchen."

"No!" all the guests shouted. "We don't agree with either one. We're hungry and we need to eat to satisfy our hunger. And you," they said to the rich man, "you should be ashamed of yourself. Your servant boy clearly won the bet. If you don't pay him everything you owe him, no one in this town will have anything to do with you."

The rich man learned his lesson. And no sooner had he agreed to pay the debt than his daughter called for the dinner to be served. Everyone agreed it was the most delicious meal they had ever eaten.

As for the boy, he moved his family onto the hundred acres of land, and with the money he bought cows and chickens and sheep and seeds to plant in the fields. In time, he became quite wealthy himself, and some people say he even ended up marrying the rich man's clever daughter. If it's true, you can bet he lived happily for the rest of his life.

—¿Cómo puede decir eso?—protestó la muchacha—. Si sus amigos están de acuerdo con usted de que su sirviente se calentó con un fuego que estaba a varias millas de él, estoy segura de que se consideran bien alimentados con el aroma de la comida que he preparado en la cocina.

—¡No!—gritaron todos los invitados—. No estamos de acuerdo, ni con el uno ni el otro. Tenemos hambre y hemos de comer para quitárnosla. Y a usted—le dijeron al rico—, debiera darle vergüenza. Su criado sin duda ganó la apuesta. Si no le paga todo lo que le debe, nadie de este pueblo volverá a tener nada que ver con usted.

El rico aprendió la lección. Tan pronto consintió en pagar la apuesta, su hija mandó servir la comida. Todos se convinieron en que fue la comida más deliciosa que hubieran probado en su vida.

En cuanto al muchacho, instaló a su familia en los cien hectáreas de terreno, y con el dinero compró vacas y pollos y ovejas y semillas para sembrar las milpas. Con el tiempo, él también se hizo rico, y dicen algunos que acabó casándose con la hija astuta de su viejo amo. Si es cierto, se puede apostar a que el muchacho vivió feliz por el resto de su vida.

The Day It Snowed Tortillas

El Día Que Nevaron Tortillas

HERE IS A STORY about a woman who was married to a poor woodcutter. The man was good at his work. He could chop down a tree in no time at all. He would split it up into firewood and take it into the village and sell it. And he made a good living. But he wasn't very well educated. He didn't know how to read or write. And he wasn't very bright either. He was always doing foolish things.

ESTE ES UN CUENTO de la esposa de un pobre leñador. El hombre era muy trabajador. Tumbaba los árboles en poco tiempo. Los rajaba y los hacía leña que llevaba al pueblo para vender. Así se ganaba una buena vida. Pero tenía muy poca escuela. No sabía leer ni escribir. Además, era medio bobo. Siempre andaba haciendo tonterías.

But his wife was a very clever woman, and she could get her husband out of the trouble his foolishness was always getting him into.

One day the man was far off in the mountains cutting firewood. And at the end of the day, when he started down the trail to go home, he saw three leather bags by the side of the trail. He went over and opened the first bag, and it was full of gold! He looked into the second bag. It was full of gold too. And so was the third.

He took the three bags of gold home and showed them to his wife. His wife said, "Don't tell anyone you found this gold. Some robbers must have hidden it in the mountains. And if they find out we have it, they might kill us to get it back again."

But then she thought, *Oh, no. My husband can never keep a secret.* And then she came up with a plan. She told him, "Before you do anything else, go to the village and get me some flour. Get me a hundred pounds of flour."

The man walked off to the village grumbling to himself: "I've been working out in the mountains all day long. And now she wants me to bring home a hundred pounds of flour." But he bought a big sack of flour and lugged it home to his wife.

His wife said, "Oh, thank you! You've been working awfully hard. Why don't you go lie down and rest for a while?"

La esposa, al contrario, era muy lista, y siempre sabía cómo sacarlo de los líos en que sus bobadas le metían.

Un día el hombre estaba allá lejos en la sierra, haciendo leña. Al fin del día, volviendo a casa, vio tres talegones de cuero al lado de la vereda. Fue y abrió el primer talegón, y vio que estaba lleno de oro. Abrió el segundo. Estaba lleno de oro también. Y también lo estaba el tercero.

Llevó los tres talegones de oro a casa y los mostró a su mujer. Ella le dijo:—No digas a nadie que hallaste este oro. Los ladrones lo habrán escondido en la sierra. Si se enteran de que nosotros lo tenemos, nos pueden matar.

Luego pensó: *¡Ay! Mi marido nunca puede quedarse callado.* Luego se le ocurrió un truco. Le dijo:—Antes que hacer ninguna otra cosa, quiero que vayas al pueblo y que me compres harina. Traeme cien libras de harina.

El hombre se fue para el pueblo quejándose:—He estado todo el santo día trabajando en la sierra, y ahora mi mujer quiere que lleve a casa cien libras de harina. Pero compró un costal de harina y se lo cargó a casa para su esposa.

Le dijo su mujer:—¡Muchas gracias! Pero ya has trabajado mucho. ¿Por qué no te acuestas a descansar un rato?

He liked that idea. He went into the bedroom and lay down. And he fell asleep. As soon as he fell asleep, his wife started to make tortillas with the flour. She made one batch after another. She made tortillas until the stack went clear up to the ceiling in the kitchen. And then she carried the tortillas outside and threw them all over the ground.

The man was so tired that he slept through the evening and all night long. He didn't wake up until the next morning. When he woke up and looked outside, he saw that the ground was covered with tortillas.

"What's this?" the man asked his wife.

His wife said, "Oh, my goodness! It must have snowed tortillas last night!"

Le gustó la idea al hombre. Entró en la recámara y se acostó. Y se durmió. En cuanto se durmió, la mujer se puso a hacer tortillas. Hizo un amasijo tras otro. Hizo tortillas hasta que el montón llegaba al techo de la cocina. Luego las llevó afuera y las desparramó sobre la tierra. El hombre estaba tan cansado que siguió dormido toda la tarde y toda la noche. No se despertó hasta el día siguiente. Cuando se despertó y miró por la ventana, vio que la tierra estaba cubierta de tortillas.

—¿Qué es ésto?—le preguntó a su mujer.

Su esposa se hizo la sorprendida:—¡Madre mía! Ha de haber nevado tortillas anoche.

"Snowed tortillas? I've never heard of such a thing."

"You're not very well educated if you've never heard of it snowing tortillas," the woman said. "You'd better go to school and learn something." She made him get dressed in his Sunday suit, she packed him a lunch, and she sent him off to school.

The woodcutter didn't know how to read or write, so he was put in the class with the youngest children. The teacher asked questions and the children raised their hands enthusiastically, but the woodcutter didn't know the answers to any of the questions. He got more and more embarrassed. Finally he couldn't take it any longer. He jumped up and stomped out of school. He went home and grabbed his ax. He told his wife, "I've had enough education. I'm going to chop some firewood."

"That's fine," his wife said. "You go ahead and do your work."

And then about a week later, just as the wife expected, the robbers showed up at the house. "Where's the gold your husband found?" they demanded.

The woman acted innocent."Gold?" she said. "I don't know anything about any gold."

"Come on!" said the robbers. "Your husband's been telling everyone in the village he found three bags of gold. They belong to us. You'd better give them back."

"Did my husband say that? Oh, that man! He says the strangest things. I don't know anything about your gold."

—¿Que nevaron tortillas? Yo nunca he oído hablar de tal cosa.

—Pues eres ignorante si no sabes que pueden nevar tortillas—le dijo la mujer—. Vale más que vayas a la escuela para aprender algo.

Hizo que se vistiera en su traje de domingo; le preparó un bocadillo, y le mandó ir a la escuela.

Como el leñador no sabía escribir ni leer lo mandaron a la clase de los más chiquitos. La maestra hacía preguntas y los chiquillos alzaban las manos entusiasmados, pero el leñador no sabía cómo contestar ninguna pregunta. Se ponía cada vez más avergonzado. Por fin ya no podía más. Se levantó y salió de la escuela a zancadas. Regresó a casa y agarró su hacha. Le dijo a su mujer:—Ya me cansé de la educación. Voy a cortar leña.

—Está bien—le dijo su esposa—. Vete a hacer tu trabajo.

Y luego, a eso de una semana después, así como la mujer había anticipado, los ladrones vinieron a la casa.—¿Dónde está el oro que halló tu marido?—le preguntaron.

La mujer se hizo la desentendida.—¿Oro?—les respondió—. Yo no sé nada de oro.

—¡Vamos!—dijeron los ladrones—. Tu marido ha estado diciendo por todo el pueblo que halló tres talegones de oro. Son nuestros. Más le vale que nos los devuelvas.

—¿Mi marido ha dicho eso? Ay, ¡qué hombre! Las locuras que anda diciendo. Yo no sé nada de su oro.

"We'll find out," the robber said. "We'll wait right here until he gets home."

The robbers stayed around the house all day, sharpening their knives and cleaning their pistols. In the evening they looked out and saw the man coming home. They ran to him and said, "Where's the gold you found?"

The man scratched his head. "The gold? My wife hid it somewhere." And he called out, "Wife, what did you do with that gold?"

She said, "I don't know what you're talking about. I don't know anything about any gold."

He told her, "Sure you do. Don't you remember? It was the day before it snowed tortillas. I came home with three bags of gold. And then the next morning, you made me go to school."

The robbers looked at one another. "Did he say it snowed tortillas? And his wife makes him go to school?" They shook their heads. "This poor man is out of his head!" And the robbers went away thinking the woodcutter was crazy and was just saying a lot of nonsense, and they never came back again.

So the woodcutter and his good wife had three bags of gold. And since they never could find out who the gold really belonged to, they just had to keep it all themselves.

—Vamos a ver—dijeron los ladrones—. Nos quedamos aquí mismo hasta que llegue a casa.

Los ladrones se quedaron en la casa todo el día, afilando sus navajas y limpiando sus pistolas. En la tarde vieron que el hombre venía regresando a casa. Corrieron a él y le dijeron:

—¿Dónde está el oro que hallaste?

El hombre se rascó la cabeza.—¿El oro? Mi mujer lo escondió. Y luego llamó:—Mujer, ¿qué hiciste con ese oro?

Ella le dijo:—No entiendo de qué hablas. Yo no sé nada de ningún oro.

Le dijo el hombre:—Seguro que lo sabes. ¿No te acuerdas? Era el día antes de que nevaron las tortillas. Vine a casa con tres talegones de oro. Y luego a la mañana siguiente, me hiciste ir a la escuela.

Los ladrones se miraron los unos a los otros.—¿Dice que nevaron tortillas? ¿Y que su mujer le hace ir a la escuela?

Se movieron la cabeza.—Este pobrecito está loco.

Y se fueron los ladrones pensando que el leñador estaba loco de veras y que nada más decía un montón de tonterías. Y no volvieron nunca.

Así que el leñador y su buena mujer ya tenían tres talegones de oro. Y como nunca lograron encontrar a los verdaderos dueños del oro, tuvieron que quedarse con todo.

Just Say Baaaa

Di Nomás Baaaa

THERE IS A STORY told about an Indian woman who had just one son. They lived far away from any village or school, and the boy had grown up without learning how to read or write. He had spent all his boyhood days watching over the few sheep his poor mother owned. Of course, he wasn't very wise about the ways of the world.

HAY UN CUENTO de una mujer india que tenía un solo hijo. Vivían muy lejos de cualquier pueblo o escuela, y el muchacho se había crecido sin aprender a leer ni a escribir. Había pasado toda su juventud cuidando las pocas borregas de su madre. Por supuesto que era muy ignorante del mundo.

When the son was old enough to look for some kind of work so that he could be of more help to his mother, he left home. He traveled down the road toward the nearest town, and just before arriving at the town, he saw the house of a wealthy land owner. The boy asked the rancher for work and the land owner offered to hire him as a shepherd.

"That will be perfect!" the boy told him. "Herding sheep is the work I know best."

The rancher sat down at a writing table and began to draw up a contract. "This paper will tell you the terms of your employment," the rancher told the boy. "It will tell how much work you must do and what pay you will receive."

"But, *señor amo*," the boy said, "I don't know how to read."

That was just what the rancher expected. He told the boy, "I'll tell you what the paper says. It says that you will tend my sheep for one year. You must take them to summer pasture in the mountains and bring them back to the valley when winter comes. You must protect them from wild animals and help with the lambing in the spring."

"I can do that," the boy replied. "But what does the paper say you will pay me?"

The rancher told him he would receive half of the lambs born the next spring, which was the standard pay for a sheepherder in those days. But that wasn't what the paper said at all. It said that for all the work he did, the boy would receive just his food and supplies. He would receive no additional pay.

Cuando el hijo ya tenía la edad para buscar trabajo y ayudarle más a su madre, dejó la casa. Se encaminó hacia el pueblo más cerca, y poco antes que llegar al pueblo vio la casa de un hacendado rico. El muchacho le pidió trabajo al ranchero y el rico ofreció contratarlo como pastor.

—¡Perfecto!—le dijo el muchacho—. Cuidar borregas es el trabajo que más entiendo.

El ranchero se sentó a un escritorio y se puso a escribir un contrato.—Este papel te indicará las condiciones de tu empleo—el ranchero le dijo al muchacho—. Explicará el trabajo que debieras hacer y el sueldo que recibirás.

—Pero, señor amo—dijo el muchacho—, yo no sé leer.

Eso era lo que el ranchero anticipaba. Le dijo al muchacho:—Te digo lo que dice el papel. Dice que vas a cuidar a las borregas por un año. Debes llevarlas a la sierra por el verano y bajarlas al valle cuando llegue el invierno. Debes protegerlas de las fieras y ayudar con el parto de corderos en la primavera.

—Yo puedo hacer todo eso—le dijo el muchacho—. Pero, ¿qué dice el papel que me va a pagar?

El ranchero le dijo que recibiría la mitad de los corderos que nacieran en la primavera, lo cual era el pago corriente de aquel entonces, pero eso no fue lo que en realidad decía el papel. Decía que por todo el trajabo que hiciera, el muchacho sólo recibiría su comida y provisiones. No recibiría ningún otro pago.

The boy made his mark on the paper and went to work for the rancher. He worked hard all year long, taking very good care of his master's sheep. He dreamed of how he would soon have his own sizeable flock. He knew his mother would be proud of him.

Imagine his disappointment at the end of the year when he asked the rancher for his pay. "What?" said the rancher. "Do you expect to be paid? The food you ate and the shelter you slept in were your pay."

"But the paper said I would get half the lambs born this spring," the boy protested.

The rancher produced the paper. "Show me where it says that," he demanded. "This paper says nothing about lambs."

El muchacho puso su marca en el papel y empezó a trabajar por el ranchero. Todo el año trabajó muy duro, cuidando muy bien a las borregas del amo. Soñaba con tener su propio rebañito a poco tiempo. Sabía que su madre iba a sentirse orgullosa de él.

Se puede imaginar su pena al fin del año cuando le pidió su pago al ranchero.—¿Cómo?—dijo el ranchero—. ¿Es que quieres que te pague? La comida que comiste y el cobertizo en que durmiste fueron tu pago.

—Pero el papel decía que iba a recibir la mitad de los corderos nacidos esta primavera—opuso el muchacho.

El ranchero sacó el papel.—Muéstrame dónde dice eso—insistió—. Este papel no dice nada acerca de corderos.

Of course, the boy couldn't show him. He didn't know how to read. But he was angry. He separated half the lambs from the flock and drove them down the road toward his mother's house.

The rancher went to the village and brought charges against the boy for stealing his sheep. When the boy learned that he would have to appear in court and defend himself, he asked his mother what he should do. "Go to the village and ask the people to show you the house of a lawyer," she told him. "Maybe a lawyer can help you get justice."

The boy went to the village and soon found out where a lawyer lived. He explained everything that had happened. The lawyer could see that the boy had been taken advantage of. But the lawyer was a very greedy man too. He told the boy, "This is a very serious charge your master has brought against you. Without my help you might even end up in jail. I think I can get the judge to let you go free, and even let you keep the lambs you took. But if I do, you must give me two out of every three of those lambs."

That didn't seem fair to the boy. He wouldn't end up with very much for all the hard work he had done, but it would be better than nothing. "Just tell me what to do," he told the lawyer.

"Let me do all the talking," the lawyer told the boy. "And if anyone asks you a question, just answer by saying *baaa* like a sheep.

"Just say *baaa*?" the boy asked.

Claro que el muchacho no se lo podía mostrar. No sabía leer. Pero se enojó. Apartó la mitad de los corderos del rebaño y los condujo a la casa de su madre.

El ranchero fue al pueblo y denunció al muchacho por el robo de los corderos. Cuando el muchacho se enteró de que tenía que defenderse ante el juez, le preguntó a su madre qué debía hacer.

—Vete al pueblo y pídele a la gente que te enseñen dónde vive un abogado—le dijo su madre—. Tal vez un abogado te consiga justicia.

Fue el muchacho al pueblo y pronto averiguó donde vivía un abogado. Le explicó al abogado todo lo sucedido. El abogado vio que se le habían aprovechado del muchacho, pero él también era un hombre muy avaro. Le dijo al muchacho:—Es un cargo muy grave que tu amo ha puesto en contra de ti. Si no te ayudo, puedes ir a parar en la cárcel. Creo que puedo arreglárselas para que el juez te deje en libertad, y hasta que te conceda los corderos que te llevaste. Pero si lo logro, de cada tres corderos tienes que darme dos.

Eso no le pareció justo al muchacho. Saldría con muy poco por todo el trabajo que había hecho. Pero, a fin de cuentas, sería mejor que nada.

—Dígame nomás qué debo hacer—le dijo al abogado.

—Deja que sólo hable yo—el abogado le dijo al muchacho—. Y si alguien te hace una pregunta, responde diciendo *baaa* como una borrega.

—¿Que digo nomás *baaa*?—le preguntó el muchacho.

"That's right. No matter what I ask you, or the judge asks you, just answer by saying *baaa*. The judge will think you're so simple and innocent he'll never hold you responsible for the terms of the contract."

The boy returned home and told his mother about the lawyer's plan. "Maybe it will work," she said. "He must be a clever man. And how much pay is he asking for?"

"Two-thirds of the lambs," the boy told his mother.

"That's too much," the mother said. "But lawyers aren't the only clever people in the world. I think we can use his cleverness to get the best of him." And she told her son of a plan of her own.

On the day of the trial, the boy met his lawyer at the court. The rancher told the judge, "This boy is a thief. He signed a contract agreeing to tend my sheep in return for food and shelter. I have the paper to prove it. But now he has helped himself to half the lambs born to my flock this spring."

—Exactamente. No importa qué te pregunte yo, ni qué te pregunte el juez, di nomás *baaa*. El juez te va a encontrar tan simple e inocente que nunca te juzgará responsable a las condiciones del contrato.

El muchacho regresó a casa y le contó a su madre el plan del abogado.

—Tal vez dé resultado—dijo ella—. Será un hombre listo. ¿Y cuánto te pide que le pagues?

—Dos tercios de los corderos.

—Es demasiado—dijo la madre—. Pero los abogados no son las

únicas personas listas en el mundo. Creo que podremos usar su propia astucia para salir ganándole. Y le explicó a su hijo su idea.

El día del juicio el muchacho se encontró con su abogado en la corte. El ranchero le dijo al juez:—Este muchacho es un ladrón. Firmó un contrato en que se comprometió cuidar mis borregas a cambio de su comida y abrigo. Aquí tengo el papel para comprobarlo. Y ahora se ha servido a la mitad de los corderos nacidos en mi rebaño esta primavera.

"Your Honor," the boy's lawyer said, "this boy didn't know what he was signing. He was told he would receive half of this year's new lambs, which we all know is the customary pay."

"We're not here to talk about customs," the rancher said. "We're concerned with a legal document." And he handed the paper to the judge.

The judge looked at the paper. "Boy," he said, "if you made your mark on this paper, you must abide by its terms. Is this your mark?"

The boy answered, "*Baaa*."

The judge was startled by the boy's response. "Boy," he said firmly, "this is no time for joking. Did you make the mark on this paper?"

The boy said, "*Baaa*."

"Your Honor," the rancher said, "this boy is a scoundrel. He broke the contract he made with me, and now he's making a mockery of your court."

The boy's lawyer interrupted. "No, Your Honor," he said. "This poor, simple boy can't even speak properly. He has spent all his life around sheep and thinks he's one of them. How could he know what he was signing?"

The judge looked at the boy, and then at the rancher, and then at the lawyer. "Boy," he tried once again, "you must answer my question. Did you sign the paper this man has shown me?"

"*Baaa*."

—Su Señoría—dijo el abogado del muchacho—, este muchacho firmó sin comprender. Le habían dado a entender que recibiría la mitad de los corderos nuevos, lo cual, como todos sabemos, es el pago acostumbrado.

—No estamos aquí para discutir costumbres—dijo el ranchero—. Se trata de un documento legal. Y dio el papel al juez.

El juez revisó el papel.—Muchacho—dijo—, si pusiste tu marca en este papel, tienes que cumplir con las condiciones escritas en él. ¿Es ésta tu marca?

Respondió el muchacho:—*Baaa.*

El juez se sorprendió con la respuesta del muchacho.

—Muchacho—dijo con firmeza—, no es hora de bromear. ¿Pusiste tu marca en el papel, o no?

Respondió el muchacho:—*Baaa.*

—Su Señoría—dijo el ranchero—, este muchacho es un canalla. Rompió el contrato que hizo conmigo, y ahora se burla de este tribunal.

El abogado del muchacho interrumpió:—Nada de eso, Su Señoría. Es que este pobre muchacho ignorante ni siquiera sabe hablar bien. Ha pasado toda su vida con las borregas y se piensa un borrego. ¿Cómo había de entender lo que firmaba?

El juez miró al muchacho, y luego al ranchero, y luego al abogado.—Muchacho—intentó de nuevo—, debes contestar mi pregunta. ¿Firmaste el papel que este señor me ha mostrado?

—*Baaa.*

The judge lost his patience. "This is impossible!" he roared. And he told the rancher, "You are a fool to have hired such a boy in the first place. Let him keep the sheep he deserves. May he tend them in peace. Now get out of my court all of you and give *me* some peace!"

As they were leaving the court, the lawyer whispered to the boy, "Didn't I tell you it would work? Now you owe me two-thirds of the lambs. In the morning, divide the lambs into groups of three. Take two lambs from each group of three and drive them to my house."

But the boy did what his mother had told him to do. He looked at the lawyer and just said, "*Baaa.*"

The boy's mother was right. This time, the lawyer was tricked by his own cleverness. The boy and his mother kept all the sheep, and all the greedy lawyer got was a good loud *baaaaa.*

El juez se enfadó.—¡Es imposible!—rugió. Y le dijo al ranchero: —Usted es un tonto por haber contratado a tal muchacho a principias. Deje que se quede con los corderos que le corresponden. Y que los cuide en paz. Y ahora, fuera de mi corte todos y déjenme a mí en paz.

Mientras salían de la corte, el abogado le susurró al muchacho: —¿No te dije que se las arreglaría? Ahora me debes dos tercios de los corderos. A la mañana divide los corderos en grupos de tres. Toma dos corderos de cada tres y llévalos a mi casa.

Pero el muchacho hizo lo que su madre le había aconsejado. Le miró al abogado y le dijo nomás:—*Baaa*.

La madre del muchacho tenía razón. Esta vez el abogado se vio engañado por su propia astucia. El muchacho y su madre se quedaron con todos los corderos, y la única recompensa que recibió el abogado avaro fue una fuerte *baaaaa*.

Watch Out!

¡Cuidado!

ONCE A POOR COUPLE struggled together to make a living from a tiny farm. They were a hard–working people, but their farm was so small and the soil was so poor that they were never able to get ahead. Each winter they ended up eating the seed for the next year's crop, and each spring they had to go to the money–lender in the village and borrow money to buy seeds so that they could plant again.

UNA VEZ UN POBRE MATRIMONIO batallaba por ganarse la vida en una granja pequeñísima. Trabajaban muy duro, pero sus terrenos eran tan pocos y el suelo tan pobre que nunca lograban salir adelante. Cada invierno terminaban comiendo las semillas que debían sembrar el próximo año, y cada primavera tenían que ir al prestamista del pueblo y pedirle prestado el dinero con que comprar semillas para sembrar de nuevo.

And then all year long they had to worry whether they would make enough to pay back the debt. Some years they were forced to be late in their payments, and then the money–lender would torment them with threats to take their small farm away from them.

Finally the year they had dreaded for so long arrived. Between hail in June and grasshoppers in August, hardly enough remained of their crop at harvest time to keep them alive through the winter. There was nothing left over to sell for cash to pay back the money–lender.

The poor couple didn't know what to do. Each time they went to the village, they carefully avoided the money–lender's house for fear that he would rush out and demand payment of them. Each day they watched the road in front of their farm nervously, sure that this was the day the money–lender would arrive to take their land away from them.

And then one Sunday, as they were leaving the village church and starting for home, the couple met up face to face with the money–lender in the center of the village plaza. Just as they had expected, the money–lender immediately demanded payment. "My money is long overdue," he told them. "If you don't pay me this very day, tomorrow I will take possession of your farm."

Algunos años se veían obligados a retrasarse en el pago, y el prestamista los atormentaba con amenazas de quitarles su granjita.

Por fin llegó el año que habían temido por tanto tiempo. Entre el granizo en junio y los chapulines en agosto apenas les quedó para cosechar lo bastante para mantenerse durante el invierno. No sobraba nada por vender para sacar el dinero que debían al prestamista.

La pobre pareja no hallaban qué hacer. Cada vez que iban al pueblo, tenían cuidado de no pasar cerca de la casa del prestamista, temiendo que saliera para reclamar pago. Cada día miraban nerviosos el camino que conducía a su granja, seguros de que era éste el día en que el prestamista viniera a quitarles su terreno.

Y luego, un domingo, mientras salían de la iglesia en el pueblo, se toparon cara a cara con el prestamista en el mero centro de la plaza. Tal como habían anticipado, el prestamista les exigió pago de inmediato:

—La deuda está pendiente desde hace mucho—les dijo—. Si no me pagan hoy mismo, mañana tomo posesión de su granja.

The poor people pleaded with the money–lender. "Please," they said, "take pity on us. It has been a very bad year, as you know. Next year we'll pay you double."

"Take pity?" the money–lender said scornfully. "Haven't I overlooked your late payments year after year? But now you've gone too far. I must have my money immediately, or your farm is mine."

Of course, the plaza was crowded with people leaving the church, and they soon began to notice the discussion between the couple and the money–lender. They gathered around to listen.

Los pobres le rogaron:—Por favor, tenga piedad de nosotros. Ha sido un año de los más malos, como usted ya sabe. Al otro año le pagaremos doble.

¿Que les tenga piedad?—dijo el prestamista con desprecio—. ¿Y no es que he hecho la vista gorda a sus pagos atrasados año tras año? Pero esta vez han ido demasiado lejos. Necesito mi dinero inmediatamente, o su granja es mía.

Por supuesto, la plaza estaba muy concurrida de gente saliendo de la iglesia, y pronto todos se fijaron en la discusión entre la pareja y el prestamista. Se acercaron a escuchar.

The money–lender noticed the crowd around them and began to grow uncomfortable. He didn't want to appear too hard–hearted. If he did, people might be too frightened to borrow money from him in the future.

"Very well," the money–lender told the farmer, "Let it never be said that I am unwilling to give people every possible opportunity. And besides, I'm in a playful mood this morning. I'll give you a chance to be free from your debt. Do you see how the ground here in the plaza is covered with pebbles, some white, others black? I will pick up one pebble of each color and hold them in my closed fist. You may reach a finger in and pull out one pebble. If the pebble is black, your debt will be forgiven. You will owe me nothing. If the pebble you choose is white, your farm is mine this day."

El prestamista notó el gentío que los rodeaba y empezó a sentirse incómodo. No quería parecer demasiado despiadado, pues si lo pareciera, la gente temería a pedirle préstamos en el futuro.

—Ahora bien—el prestamista le dijo al granjero—. Que no diga nadie que yo no doy a la gente cuánta oportunidad posible. Además, me siento dispuesto a probar suerte esta mañana. Le doy la posibilidad de librarse de su deuda. ¿Ve como la tierra aquí en la plaza está cubierta de guijarros, algunos blancos, otros negros? Voy a recoger una piedrita de cada color y tenerlas en mi puño cerrado. Usted puede meter un dedo y sacar un solo guijarro. Si el guijarro resulta ser negro, le perdono la deuda. No me deberá nada. Si el guijarro que escoge es blanco, su granja es mía ahora mismo.

The poor farmer had no choice but to agree, although he didn't really trust the money–lender to keep his word. The farmer and his wife watched as the money–lender knelt down and picked up two pebbles from the ground. No one else caught it, but the husband and wife saw that the money–lender had actually picked up two white pebbles. But they couldn't say anything because they knew the money–lender would just pretend to be insulted and throw the pebbles back to the ground and withdraw his offer.

"Are you ready?" asked the money–lender, with a sly smile on his face. He held out his hand with the fingers closed tightly over the two pebbles.

Filled with despair, the farmer reached toward the money–lender's hand, but his wife stopped him. "Wait!" she told him. "Let me choose. This feels like my lucky day."

The farmer quickly agreed, and the woman closed her eyes as if she were concentrating deeply. She took several deep breaths, and then reached out slowly toward the money–lender's closed fist. She seemed to be trembling with nervousness. She pried the fingers open and withdrew one pebble. And then she seemed to tremble even more violently. And she dropped the pebble! A gasp went up from the crowd.

"Oh, no!" cried the woman. "How clumsy of me!" But then she said to the money–lender, "Oh, well. It doesn't matter. There were only two colors of pebbles. Show us which color is left in your hand. The one I dropped had to be of the other color."

El granjero no podía más que asentir, aunque no confiaba de que el prestamista cumpliera con su palabra. El granjero y su esposa miraron al prestamista agacharse y tomar dos guijarros de la tierra. Nadie más lo captó, pero el hombre y la mujer vieron que en realidad el prestamista había tomado dos guijarros blancos. Pero no podían decir nada porque el prestamista se mostraría ofendido, tiraría los guijarros al suelo y retiraría su oferta.

—¿Está listo?—preguntó el prestamista con una sonrisita maliciosa. Extendió la maño con los dedos apretados sobre los dos guijarros.

Lleno de angustia, el granjero alargó temblando la mano hacia la del prestamista, pero su esposa lo detuvo.

—Espera—le dijo—. Deja que escoja yo. Éste me parece un día de buena suerte para mí.

El granjero consintió sin más, y la mujer cerró los ojos como si se concentrara profundamente. Respiró fuerte varias veces, y luego extendió la mano lentamente hacia el puño crispado del prestamista. Parecía temblar de miedo. Metió un dedo entre los del prestamista y sacó un guijarro. Luego parecía temblar aún más. ¡Y dejó caer el guijarro! Un quejido sordo se escapó de la muchedumbre.

—¡Ay, no!—gritó la mujer—. ¡Qué torpeza de mi parte! Pero luego le dijo al prestamista:—Pero no importa. Solamente había dos colores de guijarros. Muéstrenos cuál es el color del que le queda en la mano. El que yo dejé caer tenía que ser del otro color.

"You're right," said everyone in the crowd, and they all told the money–lender, "Show us which color is left."

Grudgingly the money–lender opened his fist. "It's white!" everyone cried. "The one the woman chose had to be black." And they all began to congratulate the couple.

The money–lender forced a smile and shook the farmer's hand. "Congratulations," he said. And to the woman he added, "So this really was your lucky day. But take my advice, both of you. In the future, watch out that you don't get yourselves into such a position again."

"We will," said the farmer, smiling broadly. "And you, sir, in the future, watch out for clever women!"

The people in the crowd didn't quite know what the farmer was referring to, but the money–lender knew exactly what he meant, and he walked away grumbling to himself.

—Tiene razón—dijeron todos, y le dijeron al prestamista: —Muéstrenos cuál es el color que queda.

De muy mala gana el prestamista abrió su puño.—¡Es blanco!—gritaron todos—. El que la mujer escogió tenía que ser negro. Y todos se pusieron a felicitar a la pareja.

El prestamista disimuló una sonrisa y le dio la mano al granjero.—Se lo felicito—dijo. Y se le dirigió a la mujer:—Éste de veras fue su día afortunado. Pero les tengo un consejo para los dos. En el futuro, tengan cuidado de no volver a meterse en tales apuros.

—Lo haremos—le respondió el granjero, sonriendo ampliamente—. Y usted, señor, en el futuro, ¡tenga cuidado con las mujeres astutas!

Los de la concurrencia no entendieron precisamente lo que quería decir el granjero, pero el prestamista entendió perfectamente, y se fue refunfuñando.

JOE HAYES

lives in Santa Fe, New Mexico, and devotes himself to sharing the folktales of the Southwest through books, cassette tapes and story telling performances.

Born in Pennsylvania, Joe moved as a child to a small town in southern Arizona, some fifty miles from the Mexican border. From Mexican–American friends and schoolmates he began to acquire a knowledge of Spanish and an appreciation for Hispanic culture. As an adult his experience with Spanish helped him find work doing mineral exploration in Mexico and Spain.

When Joe moved to New Mexico in 1976 he first taught high school English, but his interest in the rich folklore of the region was already growing. When he discovered his gift for telling stories, he decided to shape a career for himself as a storyteller. Joe Hayes is now recognized as one of America's foremost storytellers.

In response to popular demand, Joe began publishing and recording his stories. *Watch Out for Clever Women* is his fourteenth book.

Other Spanish/English Books by Joe Hayes

La Llorona, The Weeping Woman

No Way, José! (¡De Niguna Manera, José!)

Mariposa, Mariposa

Monday, Tuesday, Wednesday, Oh! (¡Lunes, Martes, Miércoles, O!)

The Terrible Tragadabas (El Terrible Tragadabas)

Other Storybooks from the Southwest by Joe Hayes

The Day It Snowed Tortillas, Stories from Spanish New Mexico

Everyone Knows Gato Pinto, More Tales from Spanish New Mexico

The Checker Playing Hound Dog, Tall Tales from the Southwest

Coyote & . . . , Native American Stories

A Heart Full of Turquoise, Pueblo Indian Stories

The Wise Little Burro, Holiday Tales from Near and Far

Soft Child, A Native American Folktale
